110
50
210
80
90
200
190
180
130

TRAU DICH,

ESCAPE

LÖSE DIE RÄTSEL

BOOK

UND ENTKOMME DEM BUCH!

INSEL DER GEHEIMNISSE

Published in the French language originally under the title:
Escape Book – L'île aux mystères

ISBN 979-1-0324-0255-9

Text: Stéphane Anquetil
Illustrationen: Marcel Pixel
Layout: Axel Mahé
Lektorat: Ségolène Estrangin

Alle Namen, Charaktere, Orte und Handlungen sind vom Autor erdacht und rein fiktiv.

Übersetzung aus dem Französischen: Holger Möhlmann
Lektorat und Satz: Katrin Höller/writehouse
Coveradaption: Beate Lennartz
Gesamtherstellung: Ullmann Medien GmbH,
Rolandsecker Weg 30, 53619 Rheinbreitbach

ISBN 978-3-7415-2448-6

10 9 8 7 6 5 4 3 2 1

www.ullmannmedien.com

STÉPHANE ANQUETIL

TRAU DICH,

ESCAPE BOOK

LÖSE DIE RÄTSEL

UND ENTKOMME DEM BUCH!

INSEL DER GEHEIMNISSE

ULLMANN

Als Schiffsjunge eines Piratenschiffs bist du auf einer geheimnisvollen Insel gestrandet. Jetzt heißt es, hier so schnell wie möglich wegzukommen, denn bald wird der Inselvulkan ausbrechen! Du erwachst aus deiner Ohnmacht in einer Höhle voller Rauch. Gott sei Dank kann dir dein Papagei Harry helfen. Erforsche die Insel, finde Hilfsmittel, löse Rätsel und weiche allen Gefahren aus! Schaffst du es, dich zu retten, Verbündete zu finden und vielleicht sogar einen märchenhaften Schatz mit nach Hause zu bringen?

Spielregeln

Du orientierst dich an einer Karte, auf der die wichtigsten Orte durch Zahlen in Zehnerschritten angegeben sind.

Aber Achtung: Orientiere dich nicht in erster Linie an den Zahlen, sondern folge den auf der Karte eingezeichneten Wegen.

Bei der Nummer 20 zum Beispiel kannst du wählen, ob du von dort aus zur 30, zur 60 oder zur 70 weitergehst.

Einige sehr versteckte Orte sind gestrichelt. Um dorthin zu gelangen, brauchst du Geschick, einen oder mehrere Gegenstände.

Auf diese **fett gedruckten** Gegenstände stößt du im Laufe des Spiels. Auf **ein Seil** zum Beispiel. Jeden neuen Gegenstand solltest du auf deiner Inventarliste abhaken, damit du weißt, dass du ihn besitzt.

Wenn du einen bestimmten Gegenstand benutzen willst, **verwende eine Kombination.** Alle möglichen Kombinationen findest du am Ende des Buches im Anhang A2 sowie auf der Umschlagklappe. Du schaust also dort nach und wirst auf bestimmte Textabschnitte verwiesen. Einige Gegenstände können kombiniert werden. Das sähe dann z. B. so aus:

Seil	Enterhaken + Seil	Enterhaken
220	221	222

Um also das Seil zu benutzen, musst du **Abschnitt 220** lesen, für den Enterhaken zusammen mit dem Seil **Abschnitt 221** und um nur den Enterhaken zu benutzen, **Abschnitt 222.**

Wenn du einen Gegenstand nicht auf deiner Liste hast oder er in A2 nicht vorkommt, kannst du ihn auch nicht benutzen.

Dein Papagei Harry begleitet dich bei deinen Abenteuern. **Er wird dich stets mit Ratschlägen versorgen.** Doch da er ziemlich launisch ist, sind auch seine Tipps manchmal etwas rätselhaft.

Und zu guter Letzt: Dieses Buch enthält auch Bilder. **Bei manchen Rätseln sind wichtige Hinweise in den Bildern versteckt.** Achte also auf alle Details und lass keines aus, denn jede Kleinigkeit kann wichtig sein. Mach dir ruhig Notizen!

Viel Glück auf der Insel der Geheimnisse!

Karte

Jeder Kreis mit einer Zahl steht für einen bestimmten Ort auf der Insel. Die einzelnen Orte sind durch Wege miteinander verbunden. Bewege dich auf diesen Wegen von Ort zu Ort. Es ist nicht möglich, einen Teil des Weges auszulassen. Wenn du also über die Nummer 70 zur Nummer 80 gelangen willst, musst du zuerst das Rätsel lösen oder mit der Situation zurechtkommen, die in Abschnitt 70 beschrieben wird. Hierfür musst du dir den entsprechenden Abschnitt durchlesen. Die mit einer Zahl in gestricheltem Kreis gekennzeichneten Orte wie etwa die 90 oder die 110 sind dir noch unbekannt oder du kannst sie im Moment nicht erreichen. Der Text wird dir verraten, ab wann sie für dich zugänglich sind. Und einige besonders geheimnisvolle Orte sind auf der Karte nicht angegeben – du wirst sie erst im Laufe des Spiels entdecken.

Beginne dein Abenteuer an der Nummer 1.

1
10
20
30
40
50
60
70
80
90
110
130
140
150
160
170
180
190
200
210

1

Eine Höhle voller Rauch

„Hey! Hey, wach auf! Hier können wir nicht bleiben, glaub mir!“ Autsch! Ein Papagei hat dir ins Ohr gebissen! Das tut weh! Aber das macht auch wach.

Du richtest dich hustend auf. Deine Augen brennen. Du befindest dich in einer Höhle, die von beißendem Qualm erfüllt ist. Felsen sind hinabgestürzt. Du hast schlimme Kopfschmerzen und weißt nicht mehr so genau, wie du hierhergekommen bist. Du glaubst dich zu erinnern, dass du zu einer Bande von Piraten gehörst. Du musst von einem der Steine getroffen worden sein. Du musst dich anstrengen, um aufzustehen, aber es geht. Hinter dir ist das Innere der Höhle durch den Steinschlag vollständig blockiert.

Ein Papagei flattert um dich herum. Aber nicht irgendeiner, sondern ein wunderschöner Ara mit roten, gelben und blauen Federn. Er sagt: „Hallo! Ich bin Harry, dein Papagei. Ich will mich ja nicht selbst loben, aber ich habe dir das Leben gerettet. Ich habe dir gesagt, dass wir flüchten müssen. Die Piraten, bei denen du warst, ha-

ben den Berg in die Luft gesprengt, und dabei ist Lava aus dem Vulkan ausgetreten. Nicht gerade clever!“

„Was haben sie denn gesucht?“

„Na was suchen Piraten wohl, Schiffsjunge? Einen Schatz!“

Du hebst **ein rotes Halstuch** auf und legst es zu deinen Sachen. Du kannst das Tuch nun auf der Liste der Gegenstände in A3 am Ende des Buches abhaken. Wenn du es sofort benutzen willst, zum Beispiel für deine Nase oder deinen Kopf, suchst du in der Tabelle in Anhang A2 den Eintrag „Halstuch“ heraus und schaust nach, womit du es kombinieren willst, in diesem Fall Nase, Kopf oder Felsen.

Wenn dort auf einen bestimmten Abschnitt im Buch verwiesen wird, lies dir diesen durch. Manchmal ergibt ein Verweis Sinn, manchmal auch nicht. Um zu prüfen, ob du das Prinzip verstanden hast, versuch es mal mit dem Halstuch. Schau dir im Anhang A2 die möglichen Kombinationen an. Lies dir die Ergebnisse durch und kehre dann hierher zurück. Mit der Tabelle in der Umschlagklappe geht es schneller.

Zwar habe ich dir gerade vorgeschlagen, das Halstuch zu verwenden, aber du kannst auch erst einmal einen anderen Gegenstand benutzen. Schau dafür einfach wieder bei den Kombinationen nach.

Der Rauch ist jetzt doppelt so dicht wie vorhin, und du musst erneut husten. Dieser Rauch ist gefährlich. Dir wird klar, dass du hier nicht bleiben kannst. Wo ist der Ausgang? Du kannst versuchen, dir einen Weg durch die Steine zu bahnen (Abschnitt 2). Oder du kannst die Höhle durchsuchen (Abschnitt 6).

2

Du bewegst die Steine. Einige sind sehr schwer und du brauchst alle deine Kräfte. Außerdem macht dir die Anstrengung das Atmen schwer, und das ist gar nicht gut. Der beißende Rauch dringt dadurch nur noch tiefer in deine Lunge. Hast du einen Atemschutz? Ein Tuch? Wenn nicht, musst du viel zu stark husten. Aber dein Abenteuer hat gerade erst begonnen, und du bist zu jung zum Sterben, auch wenn das alles nur ein Spiel ist. Du darfst also zur 1 zurückkehren und eine andere Entscheidung treffen.

Falls du gegen den Rauch geschützt bist, schaffst du es, einen großen Stein zur Seite zu rollen und einen Weg aus der Höhle zu finden. Da du klein bist, kannst du durch das entstandene Loch hindurchkriechen und zur 10 gelangen. Aber hast du

auch daran gedacht, vorher die Höhle zu durchsuchen (6) und dabei vielleicht nützliche Gegenstände zu finden?

3

Du umwickelst mit dem Tuch einen kleinen Stein. Hihi, das sieht aus wie eine winzige Frau mit Kopftuch. He, kleiner Pirat, nimm das Ganze etwas ernster! Kehre mit deinem Halstuch zur 1 zurück und triff eine andere Entscheidung.

4

Du bindest das Tuch über Mund und Nase, das hält den Rauch etwas ab. Gute Idee! Geh zurück zur 1 und vergiss nicht, dass du jetzt gegen den Rauch geschützt bist.

5

Du wickelst dir das Tuch um den Kopf. Jetzt siehst du wie ein echter Pirat aus! Und einen Sonnenbrand kriegst du auch nicht. Aber verdammt – da ist immer noch dieser Rauch ...

6

Falls du nichts gefunden hast, das dich vor dem Rauch schützen könnte, hindert dein Husten dich daran, die Höhle zu durchsuchen, und du musst zur 1 zurückkehren. Falls doch, kannst du weiterlesen.

Beim Durchsuchen der Höhle findest du auf dem Boden **ein Seil**, das du um deine Taille bindest. Es gehört jetzt zu deinen Sachen; du kannst es auf der Liste abhaken und für Kombinationen nutzen. Es ist zum Beispiel lang genug, um es zu einem Lasso zu knoten oder um damit einen Fluss zu überqueren. Du bist schließlich ein pfiffiger kleiner Pirat!

10

Nachdem du einige Meter gekrochen bist, erreichst du den Ausgang der Höhle. Endlich frische Luft! Und Freiheit! Du befindest dich am Hang eines Berges, der die Insel überragt. Auf der einen Seite erblickst du eine paradiesische Landschaft mit Stränden und Kokospalmen, auf der anderen Seite dichten Dschungel und einen Pfad, der zu einem mit Pinien bewachsenen Felsplateau hinabführt.

Hinter dir steigt Rauch auf. Du begreifst schnell, dass es sich bei dem Berg um einen kleinen Vulkan handelt. Du bist also auf einer Insel, die ihre Entstehung diesem Vulkan verdankt. Und offenbar ist er noch immer aktiv. Du solltest dich nicht allzu lange in seiner Nähe aufhalten, denn er kann jeden Moment ausbrechen! Du folgst also dem Weg, der sich im Zickzack den Vulkan hinabwindet. Mal ist er breit, dann wieder abschüssig und so schmal, dass ein einzelner Mensch kaum durchkommt. An einigen Stellen haben sich frühere Lavaströme in graues, brüchiges Gestein verwandelt. Hinter einer engen Kurve stößt du auf **ein klei-**

nes Pulverfass. Jemand muss es beim Aufstieg dort fallen gelassen haben. Es ist noch voll, und das schwarze Schießpulver ist noch trocken. Du nimmst es an dich – wer weiß, wozu es gut ist. Vergiss nicht, das Pulverfass auf deiner Inventarliste abzuhaken. Du erreichst die Nummer 20.

20

Der Weg mündet in ein Felsplateau mit einigen Bäumen. Richtung Süden geht es weiter zum Meer und zur Nummer 60. Doch du entdeckst noch eine weitere Strecke, einen unauffälligen Pfad, der in ein enges Tal und zur 70 führt. Du kannst auch versuchen, den Pfad nach Nordosten in Richtung Dschungel zu finden, der zur 30 führt.

Es liegt bei dir – wohin willst du gehen? Schau dir die möglichen Wege auf der Karte an. Doch denk daran, dass die Orte mit dem gestrichelten Kreis erst noch freigegeben werden müssen! Häufig passiert das mithilfe eines Gegenstands aus deinem Inventar (A3), den du zusammen mit einem anderen Gegenstand oder an einem bestimmten Ort benutzt (A2). Dann erfährst du aus dem Text, dass ein gesperrter Ort nun zugänglich ist und du ihn erreichen kannst.

„Ich habe ja immer jede Menge Ideen“, sagt der Papagei. „Wenn dir also mal nichts mehr einfällt, frag mich! Zu zweit sind wir stärker.“

Also los – auf ins Abenteuer! Schau dir die Karte an und entscheide, wohin du gehen willst!

30

Immer mehr Bäume säumen den Weg, die Vegetation wird immer dichter. Die Stille wird von Vogelschreien und vom Rascheln der Tiere im Unterholz unterbrochen. Plötzlich fliegt ein Schwarm bunter Vögel davon. Du zuckst zusammen, denn du hast dich genauso erschreckt wie sie. Harry freut sich: „Das sind meine Verwandten!“ Tatsächlich sind es Papageien wie er. Ihr Gefieder ist am Kopf grün, am Bauch von einem kräftigen Gelb und an den Flügeln blau. Exakt so, in dieser Reihenfolge. Das sieht sehr hübsch aus.

„Und ich?“

Oh nein, jetzt hat sich Harry geärgert. Papageien sind nämlich sehr eifersüchtig. Wenn man sich nicht um sie kümmert, beißen sie einem ins Ohr! „Aber Harry, du bist auch sehr schön mit deinen roten Federn!“ Du findest leckere **Früchte**. Nimm sie an dich, denn sie sind essbar und sehr saftig!

Wenn du aber in dieser Richtung weitergehst, wirst du dich im Dschungel verirren. Falls du etwas hast, **woran du dich orientieren kannst**, versuch’s mal mit einer Kombination.

Falls nicht, wirst du im Kreis laufen, auf deine eigenen Fußspuren aus zerbrochenen Zweigen stoßen und am Ende wieder auf dem Weg und bei Nummer 20 landen.

31

Du kannst hier gut sehen, ein Feuerzeug nützt dir also gar nichts. Zum Glück ist es im Regenwald ständig feucht – sonst hättest du einen Waldbrand verursachen können!

32

Du schaust durch die Flasche wie durch ein Fernrohr. Doch so mitten im Dschungel erkennst du ab zwei Meter Entfernung nur noch Pflanzengestrüpp. Sei mal ein bisschen vernünftiger, kleiner Pirat!

33

Ich glaube, das ist besser für den Kopf. Es wird dich schützen.

34

Jawohl – das dient genau dazu! Mit diesem Magnetinstrument kannst du dich orientieren und dich nun auch auf der kleinen Dschungelkarte mit ihren schwer zugänglichen Pfaden fortbewegen. Ein neuer Ort ist freigegeben – Gratulation! Geh zur 40, wenn du den Dschungel erkunden willst. Aber Vorsicht, das ist gefährlich! Vielleicht ist es erst einmal sinnvoller, zur Kreuzung bei Nummer 20 zurückzukehren.

40

Dieser Ort ist gesperrt. Hier kommst du nur auf Einladung hin.

Mit deinem Kompass kannst du nun weitergehen. Im Dschungel gibt es keine festen Wege mehr. Du musst dir zwischen Bäumen und Lianen deinen Weg bahnen. Das ist anstrengend.

Die Luft ist schwer, und deine Haut wird feucht. Alle möglichen Insekten umschwirren dich, und einige stechen dich auch. Doch es gibt noch Schlimmeres: Du wirst nämlich das Gefühl nicht los, dass man dich beobachtet. Will dich etwa ein Tier verspeisen? Dir wird bewusst, dass du keine Waffen zur Verteidigung hast. Nach und nach entdeckst du gewundene Pfade, denen du wie auf dieser Karte gezeigt folgen kannst. Geh von Zahl zu Zahl, von Abschnitt zu Abschnitt. So folgst du einem Weg, der gewagt und gefährlich ist.

Harry krächzt: „Schau dir doch die Insel an! Lern erstmal die ganze Insel kennen!“

Hast du schon alles erforscht? Ist deine Ausstattung gut genug? Denk nach, bevor du dich auf das Abenteuer Dschungel einlässt ... Ein Pfad nach Süden führt zur **47**. Richtung Osten geht es zur **43**, nach Westen zur **41**. Du kannst noch immer zur **30** und von dort zur Kreuzung an der **20** zurückkehren.

Dein Papagei setzt sich auf einen Ast und zeigt mit seinen Krallenzehen, von denen an jedem Fuß zwei sichtbar sind, mehrfach in alle Himmelsrichtungen. Was für ein Akrobat! Er fragt: „Weißt du, in welche RICHTUNG du gehen willst?“

41

In diesem Teil des Dschungels finden sich Blumen aller Art. Blüten und Stempel, Stiele und Kelche wetteifern um die Gunst der Schmetterlinge. Ein herrlicher Anblick! Vielleicht findest du ja eine Blume, die dir von Nutzen sein könnte? Wenn du sie gefunden hast, notier dir ihre Farbe und hak die **Blume** in deiner Inventarliste ab. Aber Vorsicht: Einige der Blumen sind giftig – gib also gut acht, welche du pflückst! Von hier aus kannst du zur **40** zurückkehren oder zur **47** weitergehen. Schau auf die kleine Dschungelkarte.

42

Als du hochschaust, um dich an der Sonne zu orientieren, die manchmal durch das Laub der Bäume scheint, hörst du plötzlich ein Surren. Ein Pfeil schlägt ganz in deiner Nähe ein! Er hat dich nur knapp verfehlt! Horror! Du erkennst ein grünes, angsteinflößendes Gesicht im Gestrüpp. Ist das ein Lebewesen oder ein Dämon? Das Wesen hat Arme. Und eine Maske vor dem Gesicht. Kein Monster also, sondern ein Mensch – ein kleiner, muskulöser Eingeborener mit schwarzer Körperbemalung, der jetzt erneut nach einem

Pfeil in seinem Köcher greift. Plötzlich heult er auf, lässt sein Blasrohr fallen und fasst sich an den Fuß. Mit einem Satz bist du bei ihm. Eine kleine, rot-schwarz geringelte Schlange ergreift die Flucht. Vorsicht!

Der Insulaner ist von einer Korallenschlange gebissen worden! Er ist starr vor Angst. Die Schlange war offenbar giftig! Willst du ihm helfen? Das kannst du bei Nummer 100 tun. Oder du überlässt ihn seinem Schicksal und erkundest anhand der kleinen Karte weiter den Dschungel.

43

Du schaffst es unter großen Mühen aus dem Busch heraus und gelangst an eine Stelle, wo es nicht ganz so dicht bewachsen und dunkel ist. Hier ragt etwas auf, das wie eine Holzkonstruktion aussieht, aber nein – das ist kein Menschenwerk, das ist ein riesiger Baum! Es bräuchte mehrere Personen, um ihn einmal zu umfangen. Im Stamm sind zahlreiche Öffnungen. Du steckst deine Hand in eine, doch du ziehst sie schnell wieder raus: Sie ist über und über mit großen Ameisen bedeckt! Die könnten dich beißen. Du solltest den Baum nun hinter dir lassen und mithilfe deiner Dschungelkarte und des Kompasses nach Osten weitergehen, zur 44. Oder nach Norden zur 40 zurückkehren.

44

Im Dickicht des Dschungels kommst du nur schwer voran. Als du zufällig den Kopf hebst, entdeckst du einen alten Einbaum, der perfekt ausbalanciert hoch oben im Blattwerk naher Bäume thront. Er ist wurmstichig. Wie konnte er dort hinaufgelangen? Durch Menschenhand? Oder wurde er während eines Tropensturms dorthin geweht?

Du versuchst, auf einen der Bäume zu klettern, aber das Holz ist glitschig. Das entmutigt dich bald. Du hörst den Vulkan grummeln. Doch du musst dich auf dein Abenteuer konzentrieren! Du musst diesen verdammten Schatz von Kapitän Flynn finden und damit deine Piratenfreunde dazu bringen, die Insel zu verlassen, bevor der Vulkan ausbricht! Geh zur 40 zurück, und zwar schnell!

45

Der Weg ist mit schwarzen Steinen bedeckt und markiert. In einige Steine sind Zeichnungen von Inseltieren eingeritzt. Trotz der Vegetation, die nun wieder die Oberhand gewinnt, kommst du gut voran. Du spürst, dass du dich dem Ziel näherst, und trottest fröhlich vor dich hin, als plötzlich ein Stein unter deinen Füßen nachgibt! Du fällst in ein Loch und landest bei 120. Lies schnell nach, was dir dort passiert, und schreib dir auf, von wo auf dem Plan du kommst.

46

Du kämpfst dich durch ein Geflecht aus Lianen und anderen dornigen Pflanzen, die dich immer wieder am Weiterkommen hindern. So im Kreis herumzulaufen, hat keinen Sinn. Doch schon bald erkennst du die Umrisse von zusammengesunkenen Hütten, schon halb von Pflanzen überwuchert. Dir wird klar, dass hier einmal ein Eingeborenendorf stand. Jetzt gibt es hier keine Bewohner mehr – nur noch Überreste von Tongeschirr und rostige Werkzeuge. Nichts Interessantes für dich – du musst deinen Weg durch den Dschungel nun fortsetzen: nach Süden in Richtung **48**, nach Osten zur **42** oder nach Westen zur **47**.

47

Als du aus dem Dickicht des Dschungels hervortrittst und mit Vergnügen siehst, wie Sonnenstrahlen durch die hohen Wipfel der Bäume auf die Lichtung fallen, entfährt dir plötzlich ein Schrei des Entsetzens: Ein toter Pirat liegt auf einem flachen schwarzen Stein. Er kann dort noch nicht lange liegen. Dass er ein Pirat ist, erkennst du an seinem Holzbein, er gehört zur Besatzung, er ist ein Pirat wie du! Sein Name ist John Silver. Ein übler Kerl, der dich herumgeschubst hat, wenn er zu viel getrunken hatte. Nun, du bist nur ein Schiffsjunge. Du bedauerst ihn, aber du kannst nichts machen.

In seinem Rumpf steckt ein Pfeil. Er ist also keines natürlichen Todes gestorben, als er sich auf diesem Stein ausgeruht hat. Der Stein ist ein Altar. Du weißt, dass Piraten nicht mit Pfeil und Bogen schießen. Und auf dem Altar stehen einige primitive Tierskulpturen. Diese Insel ist also keineswegs unbewohnt. Du bemerkst, dass der Pirat etwas umklammert. Du öffnest seine Faust: Darin liegt ein hübscher **alter Knopf** mit einem Lilienornament – der **Knopf einer Seemannsuniform**, und die Lilie steht für das Königreich Frankreich. Du lässt ihn in deine Tasche gleiten und vergisst nicht, ihn auf deiner Inventarliste abzuhaken. Mit Dschungelkarte und Kompass kannst du deinen Weg fortsetzen. Ein Pfad führt nach Osten zur **42**, ein anderer nach Westen zur **41**, ein dritter nach Süden zur **46**. Wenn du dich fürchtest, kannst du auch zur **40** zurückkehren.

48

Endlich, nach einer Stunde mühsamer Kraxelei durch diesen allzu dichten Dschungel, gibt es wieder Hoffnung: Ganz schwach hörst du das Geschrei von Möwen. Hast du es etwa tatsächlich geschafft, diese verdammte Insel zu durchqueren? Voller Freude fängst du an zu laufen, schiebst die letzten Blätter beiseite und landest oben auf einer Klippe. Unter dir das türkisblaue Meer und ein weißer Sandstrand, weiter links der rauchende Vulkan. Aber du sitzt in dieser Sackgasse fest! Es bleibt dir nichts anderes übrig als zur 46 zurückzugehen. Und beachte doch mal einen Hinweis, den du zusammen mit dem Kompass erhalten hast!

49

Als du es endlich geschafft hast, die dornigen, klebrigen, aggressiven Pflanzen des Dschungels hinter dir zu lassen, findest du dich an einer Mauer aus schwarzen Steinen wieder. Du gehst um sie herum und stehst vor einem kleinen verlassenen Tempel aus präkolumbianischer Zeit (110). „Das ist das Ende“, sagt dein Papagei. Was für ein Schwarzseher! Oder ist dein Abenteuer wirklich bald vorbei?

50

Hierher kommst du nur, wenn du zahlreiche Hindernisse überwunden hast. Wenn du durch Zufall hier landest, ist das nicht gültig. Lies nicht weiter.

Im Halbdunkel, das nur vom schwachen Licht einer Fackel erleuchtet wird, die du mit deinem Feuerzeug entzündet hast, zitterst du vor Aufregung, während du den Tempel erkundest. Du stößt auf Statuen und einen Altar mit Opfergaben aus längst vertrockneten Blumen. Letzte Reste eines alten Eingeborenen-Kultes. Nichts, was Piraten interessieren könnte, die auf der Suche nach Gold und Edelsteinen sind. Schätzen wie dem von Kapitän Flynn, der mit seinem Schiff „Fancy Pearl" auf dieser Insel gestrandet war. Ein Kapitän, der zunächst versuchte, andere Piraten auf dieses entlegene Eiland zu locken, damit sie ihn retten konnten, ohne dass er es riskierte, gehenkt zu werden – was sicher passiert wäre, wenn die Marine ihn aufgespürt hätte. Ein Kapitän, der seinen Schatz bei eingeborenen Freunden versteckte, deren letzter Überlebender heute den Tempel verteidigt. Es ist der junge Indianer, den du getroffen hast. Da bist du nun, in einem uralten Tempel, ganz nah am Ziel. Und tatsächlich stößt du in einer Ecke auf eine alte Seemannstruhe. Sie ist in gutem Zustand und sieht beeindruckend aus. Allein kann man sie unmöglich bewegen, du wirst sie also öffnen müssen. Es gibt drei metallene Schließvorrichtungen mit speziellen Öffnungen statt Schlössern. Da muss man bestimmte Gegenstände hineinstecken. Welche von deinen Sachen wären da nützlich? Sofern Flynn sein Geheimnis nicht mit ins Grab genommen hat.

Hast du die Insel komplett erforscht? Schau dir deine Gegenstände an und überlege, ob nicht drei von Flynns persönlichen Dingen gemeinsam der Schlüssel für die Truhe sind.

Harry zwickt dich ins Ohr – und sagt dann: „Flynn stirbt … Flynn stirbt …“ Gruselig!

51

Offenbar der Schlüssel zu einer Truhe, das scheint einleuchtend. Allerdings wäre das zu einfach! Er passt nur zur Hälfte rein. So ein alter Fuchs wie Flynn hat seine Truhe nicht mit einem einfachen Schlüssel verschlossen. Auch wenn es ja gar nicht so einfach war, an diesen Schlüssel zu kommen.

52

Da ist ein Loch, eine Öffnung, in die der Ring passt, wenn man sein Kopfstück mit Schädel und Knochen, dem Piratenemblem, zuerst reinsteckt. Als du auf einen Widerstand stößt, drehst du den Ring und hörst ein Klicken. Harry zappelt aufgeregt. Der erste Riegel ist geöffnet!

Wenn du schon alle drei Verriegelungen geöffnet hast, geh zu Nummer 59. Ansonsten mach mit deinen Kombinationen weiter.

53

Du nimmst den Anhänger, den du bisher aus Bequemlichkeit um den Hals getragen hast, in die Hand. Die Kette ist zu nichts nütze, aber es ist offensichtlich, dass das Kreuz, wenn man es von unten reinsteckt, perfekt in eine der Schließvorrichtungen passt. Wie bei einem Vierkantschlüssel – man braucht nur die Kreuzarme zu drehen. Gut gemacht! Man hört ein Klicken, und der zweite Riegel ist offen!

Wenn du schon alle drei Verriegelungen geöffnet hast, geh zu Nummer 59. Ansonsten mach mit deinen Kombinationen weiter.

54

Diesen praktischen Gegenstand sollte man immer bei sich haben. Außerdem hast du ihn am Grab des Kapitäns gefunden – logisch also, dass du versuchst, damit die Schatzkiste zu öffnen. Doch leider klappt es nicht. Und du solltest ihn besser dazu benutzen, die Öffnungen an den Riegeln näher zu betrachten. Sie haben nämlich verschiedene Formen: Eine Öffnung ist viereckig, eine rund und eine kreuzförmig.

55

Aber natürlich – es ist doch ganz klar: Auf dem Knopf ist eine Lilie, und dieses Abzeichen des französischen Seemanns wird auch auf dem Grab erwähnt. Du steckst den Knopf in die kreisförmige Öffnung, und er verschwindet, aber durch seine passende Form wird ein Mechanismus ausgelöst. Du hast einen der Riegel geöffnet – bravo!

Wenn du schon alle drei Verriegelungen geöffnet hast, geh zur 59. Ansonsten mach mit deinen Kombinationen weiter.

56

Auch wenn er wahrscheinlich dem alten Flynn gehörte, passt er doch in keine der drei Öffnungen.

59

Hurra: Die drei Riegel sind geöffnet. Der Deckel der Truhe geht leicht auf. Dein Papagei krächzt und flattert vor Aufregung. Dabei ruft er ständig: „Geschafft! Geschafft!“

In der Truhe ist kein Gold. Du bist enttäuscht, aber andererseits lässt sich Gold auch schwer transportieren.

Stattdessen findest du kleine Säckchen mit Edelsteinen – Smaragde, Rubine und Topase aller Art und in allen Schattierungen. Das wird auf jeden Fall reichen, um deine Piratenfreunde zufriedenzustellen und zum Aufbruch zu bewegen!

Du kannst jetzt im Epilog ganz hinten im Buch lesen, wie dein Abenteuer endet. Herzlichen Glückwunsch!

60

Das sanft abfallende Gelände ermöglicht dir einen schnellen Abstieg aus der Höhe. Am Ende erreichst du einen breiten Streifen aus feinem Sand mit einigen Palmen. Was für ein schöner Strand! Und erst das Meer! Im Westen, bei 130, entdeckst du einige Piraten, die zusammengesunken unter den Palmen sitzen. Sie bewachen ein Boot, scheinen aber am helllichten Tag zu schlafen. Weit draußen auf dem Meer entdeckst du das Schiff, das dich hierhergebracht hat. Seine schwarze Flagge lässt daran keinen Zweifel.

Du wendest dich zur anderen Seite, nach Osten, und setzt am Strand entlang deinen Weg um die Insel fort. Nicht weit von hier, bei Nummer 140, muss es irgendwo ein Riff geben, denn nah am Ufer kannst du zwischen den weißen Schaumkronen der Wellen schwarze Formationen erkennen.

70

Das steinige Tal windet sich eine Schlucht entlang. Aus einem Felsen entspringt Wasser und bildet ein Rinnsal. Du löschst damit deinen Durst und reinigst deinen Körper von Ruß und Schweiß. In der Ferne hörst du eine Ziege meckern. Das Tal verengt sich zu einer schmalen Klamm mit rauschendem Wildbach in der Mitte und Felsvorsprüngen an den Seiten. Die steilen Wände kannst du nicht erklimmen – es sei denn, du wärst selbst eine Ziege! Du kannst nur zweierlei tun: durchhalten und dich von Stein zu Stein fortbewegen, bis du die 80 erreicht hast, oder umkehren.

80

Du kommst am oberen Ende eines Wasserfalls von etwa zehn Metern Höhe an. Das herabstürzende Wasser klingt wie Musik. Die zwischen den Pinien hervorbrechenden Sonnenstrahlen sorgen mit den Wasserspritzern weiter unten für hübsche Regenbogeneffekte. Runterspringen kannst du nicht – du würdest dir den Hals brechen. Aber es ist auch kein Baumstamm in der Nähe, an dem sich ein Seil befestigen ließe. Immerhin bilden die Felsen auf beiden Seiten des Wasserfalls eine Art natürliche Treppe. Du betrittst die erste „Stufe“. Der Stein bewegt sich nicht, und du rutschst auch nicht aus, das ist schon mal ermutigend. Jetzt bemerkst du, dass in den Stein mit einem Taschenmesser die Buchstaben DO eingeritzt wurden. Wer hat das denn gemacht?

Du schaust genauer hin und entdeckst, dass in jeden der Felsen Buchstaben eingraviert sind. Dein Blick fällt auf ein Holzbrett, das in einem hohlen Ast steckt. Darauf steht „Dort fand ich ein Domizil“. Das ist ja seltsam! Wohnt hier

Dort fand ich ein Domizil ...
DO
RT
FA
RE
SI
DO
MI
ZIL
ND
ICH
EIN
SOL
LA

etwa jemand? Ein kleiner Kobold? Auf dem nächsten Felsen steht RT. Als du deinen Fuß draufsetzt, bewegt er sich ein bisschen. Du erschreckst dich und springst schnell auf den Stein darunter. Auf dem steht FA. Danach hast du zwei Möglichkeiten: Entweder du überwindest den Wasserfall mit einem Sprung auf den Felsen ND oder du steigst weiter herunter auf den Felsen RE.

Triff deine Wahl und spring dann direkt zu dem Abschnitt mit der Nummer, die in A2 bei den Wasserfallkombinationen angegeben ist.

Harry fängt an zu singen: „Do La Mi!" Ja und? Er wiederholt: „Do La Mi!" Ach so – er singt ein paar von den Silben, denn einige davon scheinen aus der italienischen Tonleiter zu stammen. Na der kennt sich ja aus!

81

Der Stein ist groß, das sollte also kein Problem … Aaaaaah! Er hat sich bewegt und überhaupt nicht gehalten! Du bist abgestürzt und hast dir alle Knochen gebrochen. Aber es ist ja nur ein Spiel! Fang also bei Nummer 80 nochmal an.

82

Du holst tief Luft und springst. Es braucht nicht mehr als einen etwas größeren Schritt, um den Wasserfall zu überqueren ... na los! Du kriegst eine kalte Dusche ab und landest auf der anderen Seite. Du hast es geschafft! Du bist jetzt auf dem Felsen ND. Von hier aus kannst du nun ganz bequem auf den Felsen ICH hinabsteigen oder auf die andere Seite zu FA zurückkehren – du entscheidest.

83

Du bist auf der rechten Seite des Wasserfalls. Du kannst diesen erneut überqueren, um auf einem moosbewachsenen Felsen mit der Inschrift DO zu landen. Dafür musst du aber wirklich springen! Oder du lässt dich auf den Felsen SOL gleiten, der unterhalb von dir ist. Überleg es dir gut und spring dann zu dem Abschnitt mit der Nummer, die in A2 bei den Wasserfallkombinationen angegeben ist.

84

Du musst springen, um den Stein zu erreichen. Wenn du dich da mal nicht verschätzt hast! Also los! Du kriegst ein paar Tropfen ab und landest auf dem Stein. Gott sei Dank ist er stabil. Das Moos war nicht glitschig. Jetzt kannst du entweder zu dem Stein hinuntersteigen, in den MI eingemeißelt ist, oder auf die andere Seite zu SOL zurückkehren.

85

Kaum hast du den Stein berührt, rutschst du aus – und stürzt ab! Das war's. Du solltest die Reihenfolge der Silben auf den Felsen mehr beachten. Dahinter steckt eine gewisse Logik. Fang bei 80 nochmal an.

86

Du springst und schon ist es passiert: Du verletzt dich schwer und brichst dir das Bein. Für dich ist es damit leider vorbei!

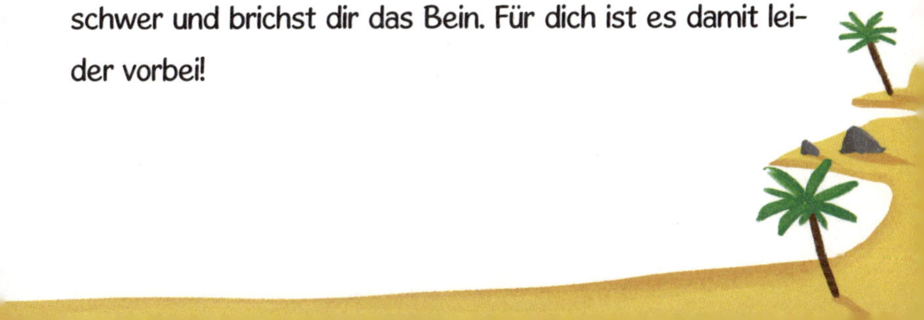

87

Ohne Zwischenfälle erreichst du diesen sechseckigen Stein. Der Felsen EIN direkt darunter ist wirklich ungefährlich. Aber wenn du ihm nicht vertraust, kannst du auch auf die andere Seite zu RT springen.

88

Du musst dich ein bisschen anstrengen, um den Felsen SOL zu erreichen und von dort aus auf der rechten Seite weiter nach unten zu klettern. Oder du versuchst, mit einem großen Sprung auf dem Felsen LA zu landen.

89

Das hast du toll gemacht! Denn offenbar hast du die Logik hinter den Silben verstanden. Der Spruch auf dem Schild, „Dort fand ich ein Domizil“, lässt sich nämlich in die Silben zerlegen, die in die Felsen eingraviert sind: DO-RT-FA-ND-ICH-EIN-DO-MI-ZIL. Ein letzter großer Schritt zum ZIL und du bist unten angekommen. Du kannst jetzt zur 90 weitergehen, denn dieser Ort ist nun für dich freigegeben!

90

Hierher kommst du nur, wenn du ein Hindernis überwunden hast. Wenn du durch Zufall hier landest, ist das nicht gültig. Lies nicht weiter.

Die Schlucht zieht sich noch etwas hin, doch dann verbreitert sich der Fluss, und es wird angenehmer, an ihm entlangzulaufen. Die Pinien spenden Schatten, lassen aber auch etwas tropische Sonne durch. Noch immer hörst du das Meckern der Bergziegen. Am Ende des Tals entdeckst du eine Hütte, ein paar angebundene Ziegen, selbstgemachtes Werkzeug und zwischen zwei Bäumen eine Hängematte. Hier hat also jemand sein Lager aufgeschlagen! Du rufst: „Hallo! Ist da jemand?“

Aber dir antwortet nur dein eigenes Echo. Falls also wirklich ein Schiffbrüchiger oder ein zurückgelassener Seemann hier lebt, ist er entweder jagen gegangen oder er hat Angst vor dir.

Ein Geräusch in den Bäumen lässt dich aufhorchen. Ein kleiner Affe! Er scheint zahm zu sein, denn er schaut dich übermütig an. Du versuchst ihn anzulocken: „Komm her, mein Kleiner …“ Doch er bleibt außer Reichweite. Du bemerkst, dass er einen Schlüssel um den Hals trägt. Das ist ja interessant! Hast du vielleicht irgendwas dabei, womit du den Affen herbeilocken oder fangen könntest?

Versuch es mit einer Kombination!

Harry plustert die Federn am Hals auf. Er pfeift nervös und trippelt von einem Fuß auf den anderen. Er mag es nämlich nicht, wenn du dich einem anderen Tier zuwendest. Er ist sehr eifersüchtig und kann mit seinem Schnabel auch beißen.

Später kannst du wieder umkehren. Du kletterst am Wasserfall wieder hoch, läufst durch das Tal zurück und gelangst ganz schnell wieder zu der Kreuzung bei der **20**.

91

Na klar! Aus deinem Seil machst du eine Schlinge, einen verschiebbaren Knoten, und schon hast du ein Lasso! Du versuchst den Affen damit zu fangen, doch er klettert blitzschnell ganz nach oben in den Baum. Das hat nicht geklappt! Du steckst das Seil weg. Der Affe beobachtet dich neugierig. Hast du vielleicht noch eine andere Idee?

92

Der Affe kann der Versuchung nicht widerstehen. Er kommt ein wenig vom Baum herunter und streckt seine Hand nach der Frucht aus. Du gibst ihm ein Stück davon, und er frisst es gierig auf. Danach gibst du ihm noch ein Stück und noch eins und noch eins, immer mit dem Ziel, ihn ganz vom Baum herunterzulocken. Und zack – da springt er dir schon auf die Schulter. Er ist so süß! Und er vertraut dir. Du gibst ihm die restliche Frucht, und während

er isst, betrachtest du aufmerksam den Schlüssel. Es ist ein kleiner **Metallschlüssel**, wie die, mit denen man Seemannstruhen öffnet. Der Affe mag dich. Er fängt an, dich zu lausen und dir so eine witzige neue Frisur zu verpassen. Und während er vollauf damit beschäftigt ist, deinen Kopf nach Läusen abzusuchen, nimmst du ihm, ohne dass er es merkt, den Schlüssel weg. Hak ihn in deiner Inventarliste ab. In diesem Moment … Begib dich zur Nummer **95**.

93

Du öffnest vorsichtig dein Fass und wirfst etwas Pulver in die Luft. Aber es passiert nichts – ohne Feuer kann nichts brennen. Was für eine Schnapsidee! Denk lieber darüber nach, wie du den Affen für dich einnehmen kannst.

95

Ein struppiger alter Mann kommt aus seinem Versteck hervor. Er hat eine alte Muskete, ein Piratengewehr, in der Hand. Du hast keine Ahnung, ob es geladen ist, aber du solltest nichts riskieren. Du sagst schüchtern „Guten Tag“, doch der alte Mann ächzt nur. Er scheint misstrauisch zu sein. Du

gibst ihm den Affen zurück. Er nickt zustimmend. Und er versucht, dir mit Händen und Füßen klarzumachen, dass er sich hier versteckt und dass die anderen Piraten nichts davon zu wissen brauchen. Der arme Mann ist stumm. Er gibt dir durch Zeichen zu verstehen, dass du zum Wrack seines Schiffs gehen sollst. Es liegt am Strand an der Nummer 60. Auf einem Brett über der Tür seiner Hütte ist der Schriftzug „Fancy Pearl" zu lesen. Du begreifst, dass dies der Name des Schiffs ist, mit dem er vor langer Zeit hier gestrandet ist. Der Name kommt dir irgendwie bekannt vor ...

Der Alte bittet dich zu gehen. Du zögerst – er könnte dich doch begleiten! Du versuchst ihn dazu zu bringen, dir zu folgen, damit er gemeinsam mit dir die Insel verlässt. Doch er lehnt ab. Er zeigt dir, dass er sich zu alt fühlt für so ein Abenteuer, dass er hier glücklich ist und dass er Angst vor den anderen Piraten hat. Du verlässt den alten stummen Schiffbrüchigen mit Bedauern, doch deine Reise muss weitergehen. Du folgst also seinen Hinweisen in Richtung Strand, zur Nummer 60.

100

Wie könnte man dem Ureinwohner helfen? Er schaut dich mit einer Mischung aus Angst und Hoffnung an. Der Arme – er weiß nicht, ob du Freund oder Feind bist. Kannst du seinen Schlangenbiss behandeln? Dazu müsstest du erst-mal ein Heilmittel kennen und finden. Die macht man ja meistens aus Pflanzen. Aber du weißt ja gar nichts über die Pflanzen auf dieser Insel! Welche sind giftig? Und welche wären gut für den Indianerjungen? Das müsste man doch irgendwie rausfinden können, überleg mal genau! Sobald du glaubst, die richtige Pflanze gefunden zu haben, versuch's mit einer Kombination (A2) und teste die Wirkung. Wenn dir einzelne Elemente fehlen, geh zur 40 zurück und erkunde weitere Bereiche des Dschungels. Aber mach schnell – der Indianer wartet bei der 42 auf deine Hilfe!

Harry flattert von Ast zu Ast und bricht eine Blüte ab, um sie zu fressen. Wird dieser Papagei irgendwann mal eine Hilfe sein?

101

Du legst die Blume auf die Wunde des jungen Mannes. Er sieht dir dabei zu, wirkt aber nicht besonders überzeugt, denn die Pflanze scheint keinerlei Effekt zu haben. Der Indianer wird immer schwächer ...

102

Du machst einen Breiumschlag aus der Blume und legst ihn auf die Stelle, an der der Junge gebissen wurde. Sein Blick signalisiert Zustimmung, und er fängt an, sich den Fuß zu massieren. Nach ein paar Minuten hat er sich beruhigt und bekommt wieder etwas Farbe. Bravo! Du hast jetzt einen neuen Freund. Aus Dankbarkeit schenkt er dir einen Ring mit einem Totenschädel, einen **alten Piratenring**.

Der Junge sagt, sein Freund Kapitän Flynn habe ihm den Ring gegeben – als Lohn dafür, dass er auf seinen Schatz aufpasse. Dann weiß der Junge also, wo sich dieser Schatz befindet? Du erklärst ihm, dass die raffgierigen Piraten, mit denen du gekommen bist, die Insel auf keinen Fall ohne den Schatz wieder verlassen und dass er und seine Familie Gefahr laufen, von ihnen gefunden und misshandelt zu werden. Der Blick des Indianers wird traurig. Er hat seine Familie durch eine Krankheit verloren und lebt ganz allein im Dschungel. Sein einziger Freund ist ein alter Schiffbrüchiger namens Roberts, der in einem schwer zugänglichen, durch einen Wasserfall geschützten Tal lebt. Flynn ist gestorben und wurde, seinem letzten Wunsch entsprechend, in seiner königlich-französischen Marineuniform auf dem Teufelsfelsen am Meer bestattet. Überall hat er kryptische Hinweise zu seinem versteckten Schatz hinterlassen. Vor allem aber bedauerte er am Ende seines Lebens, so viele leere Flaschen mit Nachrichten aufs Meer hinausgeschickt zu haben, in denen er fälschlicherweise behauptete, der Schatz sei in einer gefährlichen Vulkanhöhle. Flynn befürchtete, dass seinetwegen bestimmt bösartige, gesetzlose Piraten die Insel heimsuchen würden. Nun, dieser Tag ist jetzt wohl gekommen. Aber noch ist nichts verloren! Es genügt, Flynns wirklichen Schatz wiederzufinden. Geh zur 42 zurück und erforsche von dort aus erneut den Dschungel.

103

Du legst die Blätter der Blumen, die du gepflückt hast, auf die Bisswunde des jungen Indianers. Sein Zustand scheint sich nicht zu bessern – im Gegenteil! Hast du einfach mal was ausprobiert? Du solltest dich lieber informieren!

104

Aus den großen Blumen, die du gesammelt hast, lässt sich ein guter, leicht aufzulegender Breiumschlag machen. Doch der Zustand der Wunde verbessert sich damit nicht.

105

Diese Blumen sind viel zu zart. Sie zerfallen in deinen Händen und sind zu nichts nütze. Harry empfiehlt dir, dich besser umzuschauen, bevor du versuchst, den jungen Indianer zu heilen.

110

Du bist verblüfft. Dies ist bestimmt das letzte Zeugnis eines uralten Volkes, entfernter Verwandter der Maya, die früher auf der Insel lebten, nachdem sie von Azteken und Tolteken aus ihrer Heimat vertrieben worden waren. Der pyramidenförmige Tempel ist aus dem gleichen schwarzen Stein erbaut. Aber es gibt keine sichtbare Tür

oder Treppe! Wie kommt man da rein? An der Längsseite könnte in einer Art Vertiefung eine Geheimtür verborgen sein. Ein großes Relief zeigt einen stilisierten Vogel. In dem Relief entdeckst du vier Aussparungen: im Flügel, im Rumpf, im Auge und im Kamm des Tieres. In der im Auge sitzt ein schönes schwarzes Stück Pechkohle. Auf dem Boden findest du vier weitere Steine: einen blauen, einen gelben, einen grünen und einen orangefarbenen. Als du sie aufhebst, stellst du fest, dass sie unterschiedlich schwer sind. Drei leere Aussparungen, vier Farben – dahinter steckt bestimmt irgendein System. Aber welches? Nutze die Kombinationsmöglichkeiten in A2. Und natürlich deinen Kopf!

Harry lässt sich auf einem Ast nieder und glättet seine Federn mit dem Schnabel. Er sieht dich von der Seite an und sagt: „Sieht aus wie ein Papagei, wie mein Cousin. Wie die Papageien, denen wir schon begegnet sind.“

111

Du ordnest die Steine so im Relief an, wie es dir von den Farben her richtig erscheint. Dein Papagei beobachtet dich skeptisch. Als du fertig bist, trittst du einen Schritt zurück und bewunderst dein Werk. Aber mehr passiert nicht.

112

Du setzt die Steine ein – oben, unten und in der Mitte. Sieht gut aus. Aber das ist auch alles! Harry macht sich über dich lustig: „So wird das nichts, oh, oh, oh."

113

Du ordnest die Steine so an, dass die Farben denen der Aras, die du im Dschungel gesehen hast, am ehesten entsprechen. Grün für den Kamm, Gelb für den Rumpf, Blau für die Flügel. Dein Papagei Harry fliegt vergnügt um dich herum. Nachdem du den letzten Stein eingesetzt hast, hörst du einen dumpfen Ton. Ein Mechanismus setzt ein, die Tür schiebt sich langsam nach rechts, und der Weg ins

Innere des Tempels ist frei. Du hast einen weiteren Ort entsperrt – bravo! Jetzt geh aber auch schnell hinein in die Nummer **50**.

114

Du ordnest die Steine nach Gefühl an, aber das bringt nichts. Du musst überlegen, nach welchem Schema die Indianer hier vorgegangen wären.

115

Du setzt die farbigen Steine in die Aussparungen ein und folgst dabei deiner Intuition. Das führt aber zu nichts. Du solltest besser darüber nachdenken, welchem Modell die Ureinwohner hier gefolgt wären.

116

Du ordnest die Farben so an, wie sie im Gefieder deines Papageis Harry vorkommen. Das ist eine gute Idee, aber trotzdem nicht die richtige. Doch auch wenn die Indianer, die den Tempel gebaut haben, Harry nicht kannten, so hatten sie doch auf jeden Fall bestimmte Papageien vor Augen.

120

Du steckst in einer Grube fest. Gott sei Dank ist sie nicht voller tödlicher Stachelpflanzen, sondern mit altem Gras gefüllt. Deswegen bist du auch nicht verletzt. Kaum wieder auf

den Beinen, willst du aus der Grube herausklettern. Aber die Steine bieten keinen Halt, und du fällst wieder hinein.

Na los – denk nach! An der rechten Wand entdeckst du eine Scheibe. Als du sie genauer betrachtest, stellst du fest, dass sie mit verschiedenen Tiersymbolen verziert ist. Ganz oben befindet sich eine Art Wellenzeichnung, in der Mitte ein Zeichen, das an ein Oval erinnert ... Was tun? Welche Symbolanordnung hilft dir, dich aus dieser misslichen Lage zu befreien?

Harry wurde durch deinen Sturz erschreckt, doch er setzt sich wieder auf deine Schulter. Was für ein lieber Vogel! Er flüstert dir in Ohr: „Du hast Unrecht. Und das Unrecht … tötet!“ Na da drückt sich ja jemand geheimnisvoll aus!

123
121
124
126
127
125
122

121

Du drehst die Scheibe nach links, und das Tier rastet mit einem Klicken genau in der Mitte zwischen den beiden benachbarten Symbolen ein. Mehr passiert nicht. Es war eine Idee, doch die Fische laichen direkt im Meer ab. Vielleicht wäre eine andere Wahl ja besser?

122

Nach rechts oder nach links? Das ist nicht weiter wichtig, denn die Scheibe lässt sich mühelos in beide Richtungen drehen. Bei jeder neuen Einstellung hört man ein leises Klicken. Als der Frosch eingerastet ist, wartest du einen Moment. Doch es passiert wieder nichts. Vielleicht kommen Frösche ja auch nur im Süßwasser und nicht im offenen Meer vor?

123

Dreht man die Scheibe nur einmal nach rechts, steht dieses komische kleine Wesen ganz oben. Es hat einen Schwanz – ist es also vielleicht ein Affe? Abgesehen von einem leisen Klicken passiert nichts.

124

Welche Tiere legen noch Eier? Vögel! Du ordnest also das Vogelsymbol in einer Reihe mit dem Ei und den Wellen an. Doch offensichtlich ist hier kein Wasservogel gemeint, denn nichts passiert.

125

Klick, klick, klick, die Scheibe dreht sich dreimal weiter, und schon befindet sich diese rätselhafte Schildkröte in einer Reihe mit den beiden anderen Symbolen. Kurz darauf hört man ein viertes Klicken, und plötzlich hebt sich der ganze Boden an. Wie von einem Lastenaufzug gezogen, erreicht er die Höhe des Trampelpfads. Du hast es geschafft und kannst mithilfe der Dschungelkarte deinen Weg fortsetzen.

126

Voller Überzeugung drehst du die Scheibe nach links, sodass ein Wesen, das wie ein Raubtier – vielleicht wie ein Gepard – aussieht, zwischen dem Ei und den Wellen einrastet. Klick! Klick. Doch da passiert nichts.

127

Ein Insekt? Eine Spinne? Was ist das überhaupt? Du bist dir nicht sicher. Doch unsichere Annahmen führen zu unsicheren Ergebnissen. Soll heißen: Es funktioniert nicht.

130

Beim Näherkommen erkennst du, dass es vier Piraten sind. Sie schlafen alle, denn sie sind betrunken. Eine leere Rumflasche und mehrere geöffnete Kokosnüsse liegen im Sand. Die **leere Flasche** hebst du ganz automatisch auf. Du kannst sie zu deinen Sachen hinzufügen. Doch nun wird einer der Piraten langsam wach, und er erkennt dich! Und du erkennst ihn auch. Es fällt dir wieder ein: Das ist Henry, der Bootsmann eures Schiffes. Er spricht mit unsicherer Stimme, und sein Atem riecht nach Alkohol.

„Ah! Der verdammte k-kleine Junge ... Was machst du h-hier? Du bist doch schon vor S-Stunden losgegangen, um nach dem Schatz zu suchen ... oben auf dem Vulkan."

„Äh ... Der Vulkan fing an zu grummeln und zu qualmen, da hab ich mich in Sicherheit gebracht."

Eine improvisierte Antwort, die nicht weit von der Wahrheit entfernt ist.

„Hahaha“, stößt Henry hervor. „Wieso überrascht mich das nicht?! Du warst schon immer ein Feigling. Weißt du wenigstens, wann wir wieder auf unser Schiff zurückgehen und ablegen können? Auf dieser Insel ist offenbar nichts zu holen. John Silver ist allein losgegangen und nicht zurückgekommen.“

Als dieser Name fällt, erwacht einer der Piraten aus seinem Schlaf und sagt: „Henry, findest du es nicht seltsam, dass John Silver bei der Expedition zum Vulkan nicht mit dabei war? Er war doch immer der Erste, der seinen Anteil am Gold haben wollte, und er hat niemandem vertraut."

„Ach was, sein Holzbein machte ihm mal wieder zu schaffen. Er fühlte sich nicht fit genug, um da raufzusteigen."

Voller Unschuld sagst du: „Oh ja – da geht es ganz schön hoch! Aber warum legen wir nicht einfach jetzt gleich ab?"

„Wenn du das versuchst, werf ich dich über Bord! Wir haben Befehl, auf die Rückkehr der anderen zu warten, die zum Vulkan gegangen sind. Außerdem wird keiner aus der Mannschaft, weder einer von uns hier noch einer von denen, die auf dem Schiff geblieben sind, ohne seinen Anteil am Schatz irgendwohin fahren. Schließlich haben alle die Schatzkarte in der Flasche gesehen, die wir aus dem Wasser gefischt haben, und da will natürlich keiner leer ausgehen."

Gut, denkst du. Dann ist das mal klar. Ohne den Schatz ist es unmöglich, die Insel zu verlassen. Und du schaust auf das am Strand liegende Boot – nur mit ihm ist es möglich, zu dem Piratenschiff zu kommen, das weiter draußen vor Anker liegt.

In diesem Moment erschüttert eine Detonation die Insel. Ihr dreht euch zum Berg um. Der Vulkan ist tatsächlich ausgebrochen! Eine riesige Rauchwolke erhebt sich wie ein Blumenkohl über dem Krater.

Der Pirat sagt: „Also ich würde ja von hier verschwinden, wenn es nochmal so knallt. Aber Befehl ist Befehl. Los Junge, mach einmal was Nützliches: Hau ab!“ Du nutzt seine schlechte Stimmung, um wegzulaufen. Das Schiff kannst du nicht erreichen. Wenn die Piraten, mit denen du auf dem Vulkan warst, bei dem Ausbruch getötet wurden und du der einzige Überlebende bist, kannst du hier noch lange nicht weg! Aber was, wenn der Schatz woanders ist und die Piraten einfach nicht den richtigen Weg gefunden haben? Besonders clever sind sie nicht – zumindest deutlich weniger als ihr Schiffsjunge! Der Strand erweitert sich im Westen zu einem langen weißen Sandstrand (180) und endet im Osten an den Felsen des Riffs (140).

140

Du schlängelst dich zwischen immer dichteren und höheren Felsen durch. Von oben entdeckst du das Wrack einer

Galeone, die auf das Riff gelaufen ist. Sie muss schon lange hier liegen; Wind und Wetter haben ihr schwer zugesetzt. Auf dieser Seite der Insel tobt der Ozean besonders wild. Ein Meeresarm ist hier zu überqueren, aber du kannst nicht schwimmen und willst es hier und jetzt auch nicht versuchen. Einer der abgeknickten Masten ragt über die Reling hinaus. Nur wie kannst du ihn erreichen? Jetzt solltest du von einem deiner Gegenstände Gebrauch machen. Schau dir genau an, welche du hast.

Du kannst aber auch deinen Weg entlang der Küste fortsetzen und dich Nummer 160 nähern.

Harry, der natürlich fliegen kann, macht sich über dich lustig. Er kreischt nach Papageienart: „Hey, nicht den Anschluss verlieren, nicht den Anschluss verlieren!“ Verfluchter Vogel!

141

Du wirfst eine saftige Frucht in Richtung des Schiffswracks. Sie fällt ins Meer und erregt die Aufmerksamkeit eines großen Wasservogels, der aber bald das Interesse verliert. Egal – du hast noch mehr davon.

142

Du hebst einen runden Stein auf, wickelst das Seil zweimal herum und machst einen festen Knoten. Dann wirfst du den Stein mit aller Kraft in Richtung des Mastes, wobei du das andere Ende des Seils in der Hand behältst. Das Seil fliegt durch die Luft und über den Mast hinaus. Wegen der Schwerkraft fällt der Stein nach unten, und das Seil rollt sich um das Stück Holz herum. Du ziehst daran, und es hält! Jetzt brauchst du dir nur noch das Seil umzubinden, und schon kannst du den Meeresarm überwinden und das Wrack erreichen. Du hast einen weiteren Ort entsperrt! Geh zur Nummer 150.

143

Wie bei einer Schiffstaufe willst du die Flasche am Schiffsrumpf zerschellen lassen. Nette Geste, aber so kommst du nicht auf die andere Seite des Meeresarms zu dem Riff, an dem das Wrack liegt. Versuch etwas anderes.

144

Du jagst alles in die Luft! Du hast ein Feuerzeug, ein Pulverfass und schon … Okay, das ist möglich. Allerdings geht es darum, oberhalb der Wasserlinie zum Mast dieses Schiffs zu gelangen. Und mit einem Pulverfass und einem Feuerzeug baust du dir keine Brücke! Los – denk nach!

150

Dieser Ort ist zunächst unzugänglich. Du musst ihn erst entsperren.

Das Äußere des Wracks ist in üblem Zustand, Algen und Muscheln haben sich am Rumpf festgesetzt. Offensichtlich hat sich auch jemand am Schiffsholz bedient, denn einige Planken wurden abmontiert und hinterlassen nun klaffende Löcher in der Galeone. Das Ganze sieht aus wie der Brustkorb eines auf dem Rücken liegenden Riesen. Die Kapitänskajüte und der hintere Bereich des Schiffs sind noch relativ intakt. Auch sein Name ist noch lesbar: Fancy Pearl. Die Tür der Kapitänskajüte ist abgeschlossen. Vielleicht hast du ja etwas, womit du sie öffnen kannst?

Harry flattert aufgeregt auf dem Schiff herum. Er krächzt: „Der Makak! Er hat den Schlüssel! Der Makak!!!“ Oh dieser Quälgeist!

151

Du holst den Anhänger aus der Tasche und versuchst, ihn in das Schloss zu stecken. Vergeblich! Funktioniert nicht.

152

Na klar – der Schlüssel am Hals des kleinen Affen! Mit ihm lässt sich die Tür problemlos öffnen. Öffne sie bei Nummer 155.

153

Du streust etwas Schießpulver in das Schloss, um es aufzusprengen. Raffiniert, aber du hast nichts dabei, um das Pulver anzuzünden.

154

Du streust etwas Schießpulver in das Schloss, dann hältst du vorsichtig dein Feuerzeug daran. Das Pulver entzündet sich sofort. Du springst schnell zur Seite, verbrennst dich aber ein bisschen! Das Schloss explodiert, und die Tür ist beschädigt. Jetzt noch ein kräftiger Fußtritt, und schon ist sie offen! Du kannst die Kabine jetzt betreten (155).

155

Du betrittst den Raum, der früher ohne Zweifel einmal Kapitän Flynns Kabine war. Beim Durchsuchen stößt du direkt auf ein Schiffstagebuch. Der Kapitän hat hierin seine Geschichte niedergeschrieben. Du kannst das Tagebuch im Anhang A1 lesen. Bestimmt keine Zeitverschwendung, denn es enthält jede Menge nützliche Informationen über die Insel! Danach solltest du direkt zum Strand und damit zur 140 zurückkehren.

160

Der Strand wird immer schmaler, und du steckst fest zwischen einem schmalen Felsstreifen, an dem die Wellen brechen, und einer hoch aufragenden Felswand. Am Ende steigst du einige Felsen hinauf, um die Wand in Angriff zu

170
169
168
167
166
165
164
163
162
161
160
+II
+III

nehmen. Unten ist der Strand derweil verschwunden. Die Wellen rollen heran, die Gischt spritzt hoch.

Hinter einer Biegung ragt ein steiler, schmaler Felsen aus dem Meer heraus. Sein Gipfel ist flach und über eine im Wind schwankende Holzbrücke zu erreichen. Schließlich gelangst du zu der Brücke, unter der die unruhige See tobt.

Du erkennst deutlich, dass sich oben auf dem Felsen irgendetwas Steinernes befindet. Es würde sich bestimmt lohnen, da mal nachzuschauen, aber dafür müsste man die wacklige Brücke überqueren – und einige Bohlen sehen schon ziemlich zerbrechlich aus. Dir wird schnell klar, dass es sich um Bretter aus dem Rumpf des Schiffswracks handeln muss. Schau dir die Brücke genau an! Vielleicht findest du ja Hinweise, die dir weiterhelfen könnten.

Harry muss nur einmal mit den Flügeln schlagen, und schon ist er auf dem Felsen. Er braucht keine Brücke. Aber als er bemerkt, dass du nicht weiterkommst, kehrt er zurück, setzt sich wie auf dem Bild auf zwei vor dir liegende Steine und fragt: „Worauf wartest du? Worauf wartest du denn?“ Da bemerkst du den Hinweis. Was für ein schlaues Kerlchen!

Jetzt liegt es bei dir! Welche der Bretter kannst du betreten? Schau dir die Brücke und die beiden Steine genau an. Du kannst höchstens eines der ersten drei Bretter betreten; beim dritten musst du schon springen. Schlimmstenfalls musst du dich eben an den Seilen festhalten. Geh direkt zur Nummer des Bretts, das du betreten willst. Bei der 161 geht das ganz leicht, für die 162 brauchst du einen großen Schritt, auf die 163 musst du springen.

161

Du setzt deinen Fuß auf das erste Brett, und schon merkst du, wie es entzweibricht. Du kannst dich gerade noch zurück auf die Insel retten. Versuch es anders!

162

Du betrittst das Brett, das ziemlich wurmstichig aussieht, doch alles geht gut. Du kannst weitergehen. Du kannst die 163 betreten, mit einem großen Schritt zur 164 gelangen oder todesmutig zur 165 springen. Überleg es dir gut und triff deine Wahl!

163

Da Brett bricht sofort unter dir zusammen. Um nicht abzustürzen, hältst du dich an den Seilen fest, doch dadurch schaukelt die Brücke nur noch mehr. Keine gute Idee!

164

Du musst einen großen Schritt machen, um dieses Brett zu erreichen. Es bricht sofort auseinander. Du schaffst es nicht mehr, dich irgendwo festzuhalten, und stürzt ab. Damit ist dein Abenteuer zu Ende! Doch weil du noch ein junger und unerfahrener Pirat bist, darfst du zur Nummer 160 zurückgehen und von dort aus neu anfangen. Schau dir aber den Text und die Zeichnung noch einmal genau an!

165

Du atmest tief ein und gelangst ohne Probleme auf dieses Brett. Einmal noch – du hast dein Ziel schon fast erreicht!

166

Das Brett bricht auseinander, und du kannst dich nur deshalb noch retten, weil du dich an den Seilen festhältst!

167

Du setzt deinen Fuß sicher auf und ... das Brett hält. Entweder hast du inzwischen kapiert, wie es läuft, oder du hast einfach nur jede Menge Glück! Machst du noch einen letzten großen Sprung zur 170? Oder bist du ängstlich und gehst lieber langsam voran – zur 168 oder (mit einem etwas größeren Schritt) zur 169?

168

Du setzt deinen Fuß auf und ... das Brett zerbricht, und du landest einige Meter tiefer! Damit ist dein Abenteuer zu Ende! Doch weil du noch ein junger und unerfahrener Pirat bist, darfst du zur Nummer 160 zurückgehen und von dort aus neu anfangen. Schau dir aber den Text und die Zeichnung noch einmal genau an!

169

Hui! Da fliegt ein kleiner Pirat ... Doch nein – er stürzt ab! Damit ist dein Abenteuer zu Ende! Weil du noch ein junger Pirat bist, darfst du zum Anfang des Spiels oder zur Nummer 160 zurückkehren, ganz wie du willst. Schau dir aber die Texte und Bilder in Zukunft genauer an!

170

Auf dem Gipfel des Teufelsfelsens

Hierher kommst du nur, wenn du ein Hindernis überwunden hast. Wenn du durch Zufall hier landest, ist das nicht gültig. Lies nicht weiter.

Bravo! Du hast es hierher geschafft! Das ist keine Kleinigkeit! Der Gipfel des Felsens ist sehr beeindruckend – von hier aus kann man kilometerweit übers Meer schauen. Du hast genug Platz, um herumlaufen, ohne einen Sturz ins Meer zu riskieren. Du entdeckst einen Haufen aus alten Hölzern und Zweigen. Daneben stößt du auf die schwarzen Reste einer Feuerstelle, die früher sicher als Signal diente – es wurden große Feuer angezündet, um vorbeifahrende Schiffe auf die Insel aufmerksam zu machen. Daneben findest du ein altmodisches Feuerstein-**Feuerzeug**. Es funktioniert noch, was bedeutet, dass auch du damit Feuer machen oder etwas anzünden könntest.

Dann ist da noch ein kleiner Steinhaufen, den man schwerlich übersehen kann. Ein Grab! Die Inschrift lautet:

Scheint einfach eine Grabinschrift zu sein. Oder hat der Text auf dem Stein einen tieferen Sinn? Wollte Kapitän Flynn eine versteckte Botschaft mitteilen? Rätselhaft! Kehr um und geh zur Nummer 150 zurück. Hast du alles erforscht? Wenn du einen Weg gefunden hast, um auf das Schiffswrack zu gelangen, hast du auf dieser Seite der Insel alles gesehen. Vergiss nicht, dass du eine Karte hast!

180

Seufzend betrachtest du den breiten weißen Strand und die sich im Wind wiegenden Palmen. Ganze Schwärme kleiner **Krebse** werden von den Wellen hin und her bewegt. Du kannst einen oder zwei **Krebse** ohne Anstrengung aufheben. Dies wäre das Paradies, wären die Ferien schon erfunden und hättest du dein Rückfahrtticket in der Tasche. So aber musst du dich anstrengen, um von hier wegzukommen. Mach mit deiner Erforschung der Insel bei Nummer 190 weiter. Oder geh zur Gruppe der Piraten bei 130 zurück.

190

Der Strand wird immer schmaler und endet schließlich an einem Kap, auf dem vor langer Zeit aus Stein und Holz eine kleine Festung errichtet wurde. Ein Überbleibsel der spanischen Eroberer? Wer weiß ... Direkt am Meer steht ein hölzernes Schild, in das ein verzweifelter Künstler aus Spaß oder aus Langeweile die Richtungen der ihm bekannten Häfen eingeritzt hat: Sevilla in Spanien, Port Royal auf Jamaika undsoweiter. Dem hat er eine Windrose hinzugefügt mit einem echten Kompass, der nach Norden zeigt. Und einen seltsamen Rat, der dich beschäftigt: „Im Dschungel sollte man einen Kompass dabei haben: WONS". Du reißt den **Kompass** aus dem Holz heraus – er wird dir sicher noch nützlich sein! Unterhalb der Festung, zwischen den Felsen, bemerkst du ein Leuchten im Wasser. Ein Edelstein? Du kannst über die Mauerreste hinübersteigen und unten, bei der **200**, nachschauen gehen oder zur Schildkrötenbucht (**210**) weiterziehen. Oder du kehrst zum Strand mit den Krebsen zurück (**180**).

Harry setzt sich mit Nachdruck auf das Schild und kratzt mit dem Schnabel in den Buchstaben WONS herum. Da fragst du dich: Was soll das eigentlich heißen – WONS? Auch noch in Großbuchstaben?

200

Die Küste hier am Kap ist windgeschützt und das Wasser ruhig. Nur ein paar kleine Wellen kräuseln die Oberfläche. Du kannst ganz deutlich das Schimmern eines zur Hälfte im Sand vergrabenen Schmuckanhängers unten im Wasser

erkennen. Ist das ein Kreuz? Plötzlich gerät der Sand in Bewegung. Tentakeln tauchen auf – es ist ein Tintenfisch! Du rennst vor Angst zurück ans Ufer. Das Tier sieht dich mit seinen seltsamen Augen an, doch es ist eher neugierig als aggressiv, es wird dich nicht verspeisen. Wenn du allerdings nach dem kreuzförmigen Anhänger tauchen willst, brauchst du schon ein bisschen Mut. Und du musst eine Möglichkeit finden, den Tintenfisch abzulenken oder in seine Höhle zurückzulocken.

Harry spielt mit einer kleinen Nuss. Er sucht in ihrem Innern nach Nahrung. Mit einem Fuß greift er die Nuss und kann sie sich dank seiner beweglichen Daumen direkt vor den Schnabel halten. Ganz wie ein Mensch seine Hand benutzen würde! Dann löst er den Kern aus der Nuss und verspeist ihn. Zufrieden sagt er: „Oh, oh, oh, eine Fl-Flasche Rum!“ Schon verrückt, wozu Tiere fähig sind, wenn es ums Fressen geht!

201

Du stehst am Ufer, bereit zu tauchen. Doch zuvor wirfst du die Blume ins Wasser in Richtung der Krake. Die bleibt

unbeeindruckt. Die Blume treibt noch ein wenig auf dem Wasser und wird dann aufs Meer hinausgetragen.

202

Der Tintenfisch stürzt sich auf den armen Krebs, öffnet ihn wie eine Konservendose und verschlingt ihn. Da er acht Arme hat, geht alles sehr schnell. Du konntest kaum tauchen, da ist er schon wieder fertig. Er verspritzt eine Ladung schwarzer Tinte, und du kannst nicht mehr erkennen, wo auf dem Meeresboden der Anhänger ist. Du bekommst erneut Angst und schwimmst schnell zurück an Land. Knapp verfehlt!

203

Du nimmst einen kleinen Krebs, steckst ihn in die Flasche und verschließt diese. Das wird dem Tintenfisch genug zu tun geben! Du füllst die Flasche mit Meerwasser, sodass sie untergeht. Dann schickst du sie Richtung Tintenfisch. Und siehe da: Sie schafft es nicht einmal bis zum Meeresboden! Schon vorher schnappt sie sich das Tier mit

einem seiner Fangarme und tastet mit einem anderen Arm den Korken ab. Es begreift schnell, dass der Krebs in der Flasche gefangen ist, und testet mit seinen Armen alle Möglichkeiten. Als intelligentes Lebewesen wird es alles versuchen. Unterdessen tauchst du nach dem Anhänger. Gar nicht so einfach, ihn im aufgewühlten Sand auf dem Meeresboden wiederzufinden ... Siehst du ihn? Wenn du **den Anhänger** gefunden hast, kannst du ihn auf deiner Inventarliste abhaken.

204

Du wagst den Versuch! Ein Seil mit einer Schlinge, ein Lasso – jetzt ist es ja wohl nur noch ein Kinderspiel, den Tintenfisch zu fangen. Doch kaum ist das Seil im Wasser, gerät es in eine Strömung und treibt ab, und die Krake ... schaut gar nicht hin. Hol das Seil einfach wieder raus!

210

Du lässt das Kap hinter dir und erreichst eine Bucht mit weißem Sand und türkisfarbenem Meer ... Hey, gerade ist eine Schildkröte aus dem Wasser gekrochen! Ihre Haut ist

braun und cremefarben gefleckt, die Augen sind groß und schwarz. Wunderschön! Die Meeresschildkröte wird nun weiter oben am Strand ihre Eier im Schatten der Palmen des nahen Dschungels ablegen und in den Sand eingraben. Und schon bald werden die Schalen der Eier aufbrechen, und die Baby-Schildkröten müssen sich beeilen, ins Meer zu kommen, um nicht von ihren Feinden gefressen zu werden. Der ewige Kreislauf des Lebens. Du hast deine Tour rund um die Insel nun fast vollendet, doch der Dschungel verdichtet sich hier am Meer zu einem undurchdringlichen Mangrovenwald, und angesichts eines unentwirrbaren Di-

ckichts aus Zweigen und Mangrovenwurzeln, die bis ins Meer reichen, bist du gezwungen, umzukehren und zur 190 zurückzukehren. Deine Erkundungstour auf dieser Seite der Insel ist damit zu Ende. Bist du auf der anderen Seite, bei Nummer 140, gewesen? Und hast du auch den Dschungel nicht vergessen, der bei Nummer 30 beginnt?

220

Sehr gut – du hast das Prinzip verstanden! Hier hättest du gelesen, was passiert, wenn du das Seil benutzt. Kehre zum Anfang des Buches zurück.

221

Bravo – du weißt die Kombinationen zu nutzen! Du kannst zum Anfang des Buches zurückkehren und weiterlesen.

222

In diesem Abenteuer kommt kein Enterhaken vor, und es steht auch keiner auf der Inventarliste. Doch du hast das Prinzip verstanden. Kehre zum Anfang des Buches zurück.

A1 - Bordtagebuch

Im Jahre des Herrn 1680. Ich bin Kapitän Flynn. Dies ist das Bordtagebuch meines Schiffes, der Fancy Pearl. In einer Gewitternacht sind wir auf das Riff dieser unbekannten Insel aufgelaufen. Nur Roberts und ich haben überlebt, denn wir konnten schwimmend einen Meeresarm überwinden, der uns vom Ufer trennte. Nachdem der Ozean sich beruhigt hatte, konnten wir eine Muskete, etwas Verpflegung und ein paar Flaschen Rum vom Wrack retten. Auch errichteten wir am Ende eines Tals bei einem Wasserlauf ein Lager. Aber ich fürchte, wir sind nicht allein auf der Insel. Ich fühlte mich mehrmals beobachtet.

Die Hälfte des Rums haben wir inzwischen getrunken. Ich würde in den leeren Flaschen gern Hilferufe verschicken. Ich bin hin und her gerissen zwischen meinem Wunsch, gerettet zu werden und diese Insel verlassen zu können, und der Angst, als Pirat festgenommen zu werden. Es wäre gut, wenn unsere Piratenbrüder uns retten würden. Aber sie würden meinen Schatz stehlen. Andererseits: Wenn die Spanier oder Engländer uns hier finden, ist unser Leben nicht mehr viel wert.

Die Insel ist nicht unbewohnt. Ein Eingeborenenstamm lebt im Dschungel. Sie haben uns schnell entdeckt und umzingelt. Gott sei Dank sind sie nicht feindselig. Die Verständigung ist schwierig, aber wir konnten sie für uns einnehmen. Mein Schatz interessiert sie gar nicht!

Die Eingeborenen haben uns ihre Heilpflanzen gezeigt und wo man etwas zu essen findet. Auf der Insel gibt es Tiere und Essbares im Überfluss, aber man muss sich vor den Schlangen hüten. Einige sind giftig. Man erkennt sie aber an ihren Farben und Ringmustern. Ich habe all diese Informationen hier eingetragen, um sie nicht zu vergessen. Sie stehen ein paar Seiten weiter.

Ich habe mir etwas ausgedacht, damit man nach uns sucht: Ich habe eine Schatzkarte gezeichnet, die in die falsche Richtung führt! Wenn also Piraten auf die Insel kommen und nach dem Schatz suchen, werden sie sofort den Vulkan erklimmen. In ihrer Gier werden sie sich um den Rest der Insel nicht kümmern. Und genau das wird Roberts und mir die Gelegenheit geben, mithilfe der Eingeborenen ihr Schiff zu kapern und damit zu verschwinden. Mit meinem Schatz werde ich die an Bord gebliebene Mannschaft schon überzeugen, sich mir anzuschließen. Ich kenne die Piraten – sie interessieren sich nur für den Profit.

Roberts, mein Gefährte im Unglück, hat sich hier gut akklimatisiert. Ich glaube, sein Leben auf der Insel gefällt ihm besser als sein Dasein als Pirat. Er lebt ruhig vor sich hin, er jagt und baut Gemüse an. Wir haben hier mehr als genug zu essen und leben in Frieden. Aber ich langweile mich, und deshalb studiere ich die Indianer. Sie haben mir beigebracht, mich mit Heilpflanzen selbst zu behandeln. Ihr Wissen über die Flora der Insel ist beeindruckend. Sie haben mir die Überreste eines kleinen Tempels gezeigt, der faszinierende Geheimnisse birgt. Er ist durch versteckte Schließmechanismen geschützt, aber alles ist ganz logisch ... sogar natürlich!

Die Eingeborenen sind erkrankt. Ich weiß nicht, wie ich ihnen helfen kann. Sie kennen die Krankheit nicht, die sie dezimiert. Wahrscheinlich haben wir selbst die Keime eingeschleppt. Ich bin zerfressen von Schuldgefühlen.

Ich bin verzweifelt, denn jetzt bin auch ich ernsthaft krank. Nur Roberts und ein junger Indianer scheinen geheilt oder immun zu sein. Ich werde diesem Tagebuch nicht anvertrauen, wo ich meinen Schatz versteckt habe. Ich werde das Geheimnis mit ins Grab nehmen ... nein. Ich fange an zu fantasieren, das Fieber rafft mich dahin. Und niemand wird uns holen kommen. Alles ist verloren.

Die Tiere dieser Insel

Die Insel wird von vielen erstaunlichen Tieren bevölkert. Im Dschungel zum Beispiel lebt eine Papageienart mit einem bunten Gefieder in Gelb, Grün und Blau.

Die Affen sind intelligente und neugierige Geschöpfe, die man mit Früchten für sich einnehmen kann.

Am Kap gibt es Tintenfische. Sie fressen am liebsten Krusten- und Schalentiere. Um zu überleben, nehmen sie zu. Die kleinsten unter ihnen überleben nicht.

Am großen Strand wimmelt es von essbaren Krebsen. Man kann sie mit bloßen Händen einsammeln. Das ist ein Glück, denn beim Fischen läuft man Gefahr, aufs offene Meer abzutreiben.

Die Affen und die Ureinwohner sammeln auch Kokosnüsse. Die sind praktisch, weil sie auch Flüssigkeit enthalten: Wenn man sie öffnet, stößt man auf eine Art Milch, die sehr nahrhaft ist.

Zwei Arten Schlangen leben im Dschungel. Die einen sind giftig und sehr gefährlich, die anderen nicht.

Glücklicherweise haben mir die Ureinwohner eine Pflanze beschrieben, die man direkt auf die Wunde auflegt, wenn man von einer gefährlichen Schlange gebissen wurde.

Die Blumen dieser Insel

Beschreibung der Blume	Farbe	Anwendung
6 herzförmige Blütenblätter	Blau	Hilft bei Fieber und [redacted]
4 Blütenblätter	Gelb	Durchfall
Glockenförmige Kelche	Vi[redacted]	[redacted]
9 auseinanderstehende Blütenblätter	[redacted]	Schlangenbiss
5 runde, spitz zulaufende Blüten	Bl[redacted]	[redacted]kulationen
4 flammenförmige Blütenblätter	Rot	Wunden, Infektionen

A2 - Kombinationen

Mit diesen Tabellen kannst du deine Ideen ausprobieren: Bring Gegenstände zusammen, öffne z.B. eine Truhe mit einem Schlüssel, oder setze einen Gegenstand an einem bestimmten Ort ein.

	Kopf	Mund oder Nase	Stein
Halstuch	5	4	3

	Flasche	Feuerzeug	Kompass	Halstuch
Dschungel	32	31	34	33

Wasserfall

Do	Ré	Mi	Fa	Sol	La	Si
87	88	81	84	85	82	89

	Pulverfass	Seil	Frucht
Affe	93	91	92

	Pulverfass + Feuerzeug	Seil	Flasche	Frucht
Schiffsmast	144	142	143	141

	Anhänger	Pulverfass	Schlüssel	Fass + Feuerzeug
Tür zur Kapitänskajüte	151	153	152	154

	Blume	Krebs	Krebs + Flasche	Seil
Tintenfisch	201	202	203	204

Heilmittel

	Rot	Orange	Gelb	Blau	Violett
Blume	101	102	103	104	105

Rätsel mit den farbigen Steinen am Tempel

	Kamm	Flügel	Rumpf	Nummer
Farben	Gelb	Grün	Rot	111
Farben	Blau	Grün	Gelb	112
Farben	Grün	Blau	Gelb	113
Farben	Gelb	Blau	Grün	114
Farben	Rot	Blau	Grün	115
Farben	Grün	Rot	Blau	116

Truhe

Totenkopfring	Metallschlüssel	Anhänger	Feuerzeug	Kompass	Knopf
52	51	53	54	56	55

Az - Inventar

- [ ] Ein rotes Halstuch
- [ ] Ein Seil von etwa zwölf Metern Länge
- [ ] Ein Pulverfass
- [ ] Ein Kompass
- [ ] Einige leckere Früchte
- [ ] Ein Kreuzanhänger
- [ ] Eine Blume
- [ ] Ein Metallschlüssel
- [ ] Ein Totenkopfring
- [ ] Ein Feuerzeug
- [ ] Eine leere Flasche mit Korken
- [ ] Ein oder zwei Krebse
- [ ] Ein Knopf

EPILOG

Plötzlich beginnt die Erde zu beben und ein dumpfes Grollen lässt die Mauern des Tempels erzittern. Der Vulkan! In deiner Aufregung über die Entdeckung des Schatzes hattest du den völlig vergessen. Schutt und Staub fallen von der Decke, es wird Zeit zu verschwinden. Du schnappst dir so viele Edelsteinsäckchen wie möglich und hängst sie dir an den Schnüren, mit denen sie verschlossen sind, um den Hals. Harry ist in Panik, sein Gefieder sträubt sich und er pfeift nervös. Jetzt aber schnell raus hier! Draußen empfängt dich die feuchte Luft des Dschungels. Der junge Insulaner ist da – offenbar geheilt.

„Ich helfe dir", sagt er. „Du musst von dieser Insel verschwinden und die Piraten mitnehmen!"

„Und du?", fragst du ihn. „Willst du etwa hierbleiben und beim Vulkanausbruch sterben?"

„Quatsch! Das hier ist meine Insel. Mein Volk hat hier viele, viele Jahre gelebt. Ich fürchte mich nicht vor dem Vulkan."

Er führt dich durch den Dschungel und zeigt dir Abkürzungen, die du von selbst nie gefunden hättest, selbst wenn

man dich darauf hingewiesen hätte. Blitzschnell rennt ihr durchs Unterholz und schwingt euch sogar an Lianen über Wasserläufe. In fünf Minuten seid ihr am Strand – dort, wo die Piraten und der Bootsmann warten. Unruhig blicken sie auf die schwarze Rauchwolke über dem Vulkan. Euch können sie nicht sehen, weil ihr im Gebüsch kauert. Der junge Eingeborene zeigt auf sein Blasrohr: „Geh zu ihnen und mach ein möglichst erschrecktes Gesicht! Fleh sie an, sofort abzulegen! Ich werde ihnen Angst einjagen! Du brauchst nur zu sagen, dass du von feindseligen Ureinwohnern verfolgt wirst, und sie werden dir glauben."

„OK. Mach's gut. Vielen Dank für deine Hilfe!"

„Danke, dass du mir das Leben gerettet hast! Ich hatte dich zuerst angegriffen, aber du hast mir geholfen."

„Du konntest es ja nicht besser wissen, und meistens sind Piraten ja auch habgierig und blutrünstig."

„Du bist nicht so. Du hast ein paar gute Entscheidungen getroffen. Und jetzt geh!"

Du atmest tief durch.

Dann springst du laut jubelnd aus dem Gebüsch heraus!

„Ich hab ihn gefunden! Ich hab den Schatz gefunden!!!"

Den verdutzten Gesichtsausdruck der Piraten muss man gesehen haben! Du wirfst ihnen einen der Säcke zu, dann noch einen zweiten, und öffnest einen dritten. Habsucht und Raffgier leuchten in ihren Augen.

„Wo hast du das gefunden, Kleiner? Und wo sind die anderen?“

„In der Vulkanhöhle. Durch das Erdbeben ist da alles in sich zusammengestürzt. Ich konnte durch einen Spalt rauskriechen, weil ich so klein bin ...“

„Seltsam! War denn kein Gold da? Keine Münzen und keine Silberbarren? Du lügst doch nicht etwa? Zeig uns den Weg!“

Dummer Fehler! Wenn du sie jetzt zum Vulkan führst, kommst du nie mehr lebend da raus, und sie werden mitkriegen, dass du sie getäuscht hast. Aber wenn du zugibst, dass du gelogen hast, und sie zur Schatztruhe führst – tja, dann finden sie womöglich deinen Freund oder Roberts, den alten Schiffbrüchigen ...

Zack! Ein Pfeil ist direkt neben dir im Sand gelandet.

Du schreist: „Aah! Hier auf der Insel leben grausame Eingeborene! Sie haben schon John Silver getötet, ich habe es im Dschungel selbst gesehen! Wir müssen sofort fliehen!“

Ein zweiter Pfeil, der aus dem Gebüsch hervorschießt und den Dreispitz eines Piraten durchbohrt, überzeugt ihn und seine Kameraden dann schnell. Auch hört man kehliges Geschrei, das zum Fürchten klingt.

Die Piraten glauben, sie würden angegriffen. Sie verlieren keine Zeit mehr, lassen das Boot zu Wasser und springen mitsamt den Edelsteinen hinein. Auch du hüpfst an Bord. Endlich kannst du die Insel verlassen! Mit voller Kraft rudern die Piraten zu ihrem Schiff. Und sogar der Vulkan strengt sich an, denn plötzlich explodiert sein Krater! Ganze Felsbrocken prasseln auf Berghang und Dschungel nieder. Ein riesiger Rauchpilz steigt auf, und ein Lavastrom ergießt sich über die Steilküste bis ins Meer. Zum Glück seid ihr schnell am Schiff, denn es war schon dabei abzulegen! Ihr werdet von den auf dem Schiff verbliebenen Piraten schnell an Bord gehievt, denn die wollen natürlich wissen, was passiert ist. Die Männer sind doppelt froh, hier wegzukommen: Sie wollen dem Vulkanausbruch entgehen, und sie haben den Schatz gefunden! Sie denken schon daran, die Beute aufzuteilen. Das Piratenschiff entfernt sich von der Insel, während der Vulkan noch nicht zur Ruhe kommt. Von Weitem siehst du, wie

die Lava ins Meer fließt. Der Vulkan hat diese Insel geschaffen, und so besteht für deine Freunde, den alten Schiffbrüchigen und den jungen Eingeborenen, wohl keine wirkliche Gefahr. Sollte der Ausbruch noch ein paar Tage andauern, können sie so lange am Strand auf der anderen Inselseite ausharren.

Übrigens glaubst du, am Strand die Umrisse eines Menschen zu erkennen, der in eure Richtung schaut. Ja ... das ist der alte Roberts, zerlumpt und mit Muskete. Der junge Insulaner ist bei ihm, sein Blasrohr in der Hand.

Die Piraten singen vor Freude. Und einer fragt dich: „Hey Kleiner, erzählst du uns, was du erlebt hast? Das war verdammt mutig, wie du dich aus dem Vulkan und vor den Wilden gerettet hast! Erzähl's uns!"

Wirst du eines Tages erzählen können, wie es wirklich war? Schließlich hast du nicht nur den Schatz des Kapitän Flynn entdeckt, sondern auch die Macht des Mitgefühls, der Freundlichkeit und der Intelligenz.

Kombinationen

Mit diesenTabellen kannst du deine Ideen ausprobieren: Bring Gegenstände zusammen, öffne z.B. eine Truhe mit einem Schlüssel, oder setze einen Gegenstand an einem bestimmten Ort ein.

	Kopf	Mund oder Nase	Stein
Halstuch	5	4	3

	Flasche	Feuerzeug	Kompass	Halstuch
Dschungel	32	31	34	33

Wasserfall

Do	Ré	Mi	Fa	Sol	La	Si
87	88	81	84	85	82	89

	Pulverfass	Seil	Frucht
Affe	93	91	92

	Pulverfass + Feuerzeug	Seil	Flasche	Frucht
Schiffsmast	144	142	143	141

	Anhänger	Pulverfass	Schlüssel	Fass + Feuerzeug
Tür zur Kapitänskajüte	151	153	152	154

	Blume	Krebs	Krebs + Flasche	Seil
Tintenfisch	201	202	203	204

Heilmittel

	Rot	Orange	Gelb	Blau	Violett
Blume	101	102	103	104	105